プリンは置いといて

竹井紫乙

目次

プリンは置いといて

プリンは置いといて

帰ってくるまでプリンは置いといて

私の仕事は花びらです
朝から晩まで花びらです
川を流れる
橋を渡る
大勢の他人と一緒に
流れて　流されて　流して

花びらを全うする
しごと　だから

だからプリンを冷蔵庫に残しておいて
ください　な

花びらの仕事にはきまりがあって
期間もあって
ふあんてい
だから
簡単にばらばらになったり
踏みつけられたり
千切られたり

する

プリンはかためが好みです
しっかりした形で　揺れないで
スプーンがぐっさり刺さる感じの
プリンは絶対置いといて

恋人は部品なの
唇、目、鼻、背中、腕、いろいろ集めているの
部品をくっつける必要はないわ
だって部品のままだからこそ、いいんだもん
部品のままを、愛してる

カラメルソースは焦がしてね
苦いところが美味しいの
深い茶色の焦げた色
甘いばかりじゃ駄目だから

花びらだってマスクをするわ
白　水色　ピンク　真っ黒
一斉に渡ってゆく花びら
もう、くたくたよ

必ず家に帰るから
這いつくばって帰るから
ぼろぼろマスクで帰るから

今日という日を使い果たして帰るから
がたがたの手足で帰るから
涎を垂らして帰るから

きっとプリンは置いといて

白鳥と端切れ

鋏で小さく整えられた端切れは
これから家じゅうをきれいにするところ
やわらかい家をやわらかく拭く

私が私を捨てるのはいいけど
誰かにゴミにされるなんて許さないわ
端切れが静かにつぶやく

自己愛が足りないのかな
足りてないのね　全然きっと
叔母さんの形見分けの鏡台の引き出しの奥には心臓があって
心臓を開けたら湖があるから
そこで白鳥になっていてね　端切れ

救急車の音はいつも能面を被っているから
サイレンの内側にはかなしみが蠢いている
窓から音と能面の香りが入ってくると
やわらかい家がもっとやわらかくなってしまう

私が私を捨てるのはいいけど
誰かにゴミにされるなんて許さないわ

カーテンをあけて端切れにひかりをあてる
幾度も洗い　皺をのばし　捩じって叩いて
ヨミガエル強靭な布地
ひかりの中で居眠りをはじめる

サイレンが近い　きっと能面は絶望で乾ききっているから
そのうち真っ二つに割れるにちがいない

端切れがふるえると
白鳥が飛び立つ

桜餅を食べると

桜餅を食べると緑になる
葉っぱと花が生えてきて
体からはみ出てしまう勢いで　緑が徐々に濃くなって

歩いたり笑ったりするたびに
花びらがシャッフルされて体の形が変化して
気に入らないひとの悪口を言うと　体中が葉脈だらけになる

たぶんこれが天罰というものなのだろう

誰かのこころを盗むと
体の中が満開になり
体の外側は紅葉する

背中のチャックからほろほろと花びらがこぼれてゆく
花びらの小道をつくりながら
夜道を歩く
今日も残業
残業が続くと
全身が枯れてくる
家に辿り着くと

枯葉をどどど吐き出して
地下へ地下へと根が伸びる
桜餅を食べると
顔がぱらりと入れ替わる

アイロンとアマゾン

小林さんに迷いは無い
ならぬものはならぬと言い切って
速やかに気に入らぬ場所から立ち去る人だ

たくさんのマスクをくれた
お礼にトイレットペーパーを贈った
役に立っただろうか

小林さんはとってもいいひとなのに
いつも小さなブラックホールを持ち歩いているから
ともだちになることを躊躇してしまう
それでも小林さんがくれたお菓子を遠慮なく平らげた
迷いのない味だった

小林さんには迷いが無いから
次の仕事が決まらぬうちに会社をやめてしまった

小林さんはアイロンを持っていない
アイロンがけはしない主義だ
迷いがないから服の皺にも迷いがなくて
とてもしわくちゃ

水分を含んだポロシャツにアイロンをかける時
じゅっと音がして湯気が立ち昇る
湯気の中から小林さんが現れて
まだ仕事を探している途中なのだと言う
早く間をあけずに働かなくちゃと話していたのに
まだまだまだまだ仕事を探している

アイロンをじゅっと押し当てる度に
小林さんは湯気の中に分け入ってゆく
アマゾンの森の奥へ奥へと仕事を探しに
文字を持たない部族の中へ
迷いを持たない集落の中へ

耳を塞ぎながら
目を覆いながら
森の奥へと
仕事を探しに

私にできることはアイロンをかけてあげることだけ

じゅっ。

はっちゃん

躑躅をくわえたまま道を歩いていたら、はっちゃんに叱られた。

はっちゃんのお説教はしつこくて、何度謝ってもなかなか許してくれなかったから、二度と花の蜜をおやつにすることはなかったよ。

その後もふいに私の胸のあたりにやって来ては無意味に長時間の羽休めをしたりして、忘れられない思い出をありがとう。

はっちゃんは毒を持っているよね。知らなかったから、近くに寄ってしまって思いっきり投げ飛ばされちゃった。おかげで大怪我してしまって血がいっぱい出たよ。傷が治るのに数か月かかってしまったくらいにね。今でも傷跡がうっすら残っているよ。

わたしは頭が悪いから、はっちゃんとは関わり合いになってはいけないのに、またそばへ寄ってしまって、ぐっさり刺されて入院したり、退院してからも妙に具合が良くなかったり、はっちゃんの毒には難儀した。

一度、透明な瓶の中に蜂蜜漬けにされたはっちゃんを淡路島で見かけたよ。顔が怖かったなあ。ずいぶん、怒っていたよね。はっちゃんの怒りは永久保存版。金額が付いてるわ。すごいね、怒りに値段があって、誰かがレジでお金を払うなんてさ。

それからはっちゃんはちょっとスマートな態度を覚えて毒を小出しにするようになったから、わたしはまた騙されてしまって、ついには免疫がついたのか、水薬を飲むくらいで体調は安定していたんだよ。でもはっちゃんはやっぱりどこか、目つきが悪いところがあって、小出しであるとはいっても毒は毒だから、ずっと一緒にくっついてはいられない。

ある時思いついて、蜂蜜を持ち歩くことにしたんだ。はっちゃんに会ったら、こちらからはっちゃんを蜂蜜漬けにしてあげようと思ってね。うまいことはっちゃんを捕まえて、目を潰して、蜂蜜に溺れさせてあげるんだ。

成功した、はずだったんだよね。はっちゃんの蜂蜜漬け。手足を縛って目隠ししてすりつぶすところまではいい線いってた。蜂蜜の中にはっちゃんを沈めたと同時に、わたしの体の中に毒針が入ってしまっていることに気が付いたよ。

はっちゃん、て・ご・わ・い。

こんにちは水無瀬さん

天井が日に日に高くなってゆく。停電にも気が付かないくらい。
照明器具は梯子を使っても、もう届かない。
朝の光はよく届く。
夕陽の輝きは眩しいほどだから日が暮れれば眠ればいい。

玄関の鍵は玩具みたいな鍵ひとつきり。
大家さんの手元の鍵は、全部同じじゃないのかな。
盗まれて困るものは置いていないけれど、水無瀬さんが、息を潜めて時々ドアの外で私の様子を窺っているのを、知らないわけじゃないよ。

こんにちは水無瀬さん。よくいらっしゃいました。あなた最近お忙しいのでしょう。遊びに来て下さって嬉しいです。何のお構いもできませんけど。はい？なんですか？休ませてほしい？こんな部屋で、ですか。どんどん天井が伸びてゆくこの薄暗い部屋でよろしいんですか。もちろん私は構いません。とてもお疲れなんですね。この部屋は狭いですから私ちょっとそのへんを散歩してきます。

公園へ向かう。部屋に執着も未練もない。もう戻らなくてもいいくらい。歩きながら、時々つまづく。

バイオリンの音が聴こえる。
自転車の荷台にバイオリンケースが括り付けてあるそのすぐ近くにバイオリンを弾いているおじいさんが立っている。微妙に体を揺らしながら木々と同化して溶けて。おじいさんが消えてしまうまで音楽は流れた。

部屋に戻ると、いつも通り部屋はオレンジ色に輝いて、水無瀬さんの髪の毛はつやつやと灰色に照り光る。ごろりと横たわりながら私の顔を見上げて休ませてくれたお礼にと太田胃散とショパンの秘密について耳元で囁くささやきに耳を傾けている間に天井が見えなくなるくらい上へ伸び切ってしまってもう次の契約更新はしないでおこうと思った。

ワンピースの空

ワンピースは空であるから
鳥がたくさん飛んでいる

美しいを目に焼きつけるためだけにはたらくこと
自転車を漕いで　雨が降れば歩くこと
足は雨をしとしと吸い込んで　ずしりと重くなり
油断すると　かなしいが膝にたまって　坂道が上がれなくなる

空であるワンピースを着て劇場へ行く
生きているとは思えないような美しい人たちや
生きていないとは思えないような人形たちが
素晴らしい衣裳で踊り　心中に向かい　永遠を語る

首から上を空にして美しいを入れ込む
ワンピースは空であるから

雲社長

こころはたぶん頭蓋骨の中にある
髪がどっさり生えているので
どんな天候の日も頭だけは常に暖かく
ヘルメットのように頭蓋骨を守ってくれる
最近世の中が物騒になってきたけれど
少々のことでは私の頭は傷つかない

防空頭巾のような頭髪ゆえに美容院では嫌がられ
なかなか予約をさせてもらえないから
モジャモジャが分厚くなって重たい

この髪型のおかげで雲にスカウトされて
雲の事務所で仕事をしている
雲っぽいらしい

社長の雲はとてもクールで
横顔は藍色をしていて
いつも海の方を眺めている

こころはたぶん頭蓋骨の中にあるけれど

雲は頭蓋骨を持っていないから変幻自在
こころがないに違いない

雲の仕事にはこころがないほうがいい
宇宙のゴミの処理だとか
戦争の種をうやむやにするとか
放射能や爆弾や瓦礫なんかを雨で流したり
権力者を雲隠れさせてみたり
危ないことしかない

雲社長は出張ばかりしていて
ふあんでしかたがない
頭蓋骨の中でこころがガタガタ揺れている

髪の毛はいつだって暖かいけれど
こころの震えは止まらない
仕事がいっそ暇になればいいのに
雲の横顔を
ぼおっと眺めていたいんだ

建仁寺の雨

路地に手紙が落ちていた

拾って読んでみると
とても素敵な手紙だったので
自分のものにした
売り物にするとちょっといい値段で売れた

「ありがとうございます。あなたの手紙、売り物にしました」

手紙を出したら返事が来た
「建仁寺で待つ」とのことだ

路地から露地へ
大きい橋から小さい橋へ
小雨から大雨へ
勅使門から建仁寺へ

入口で丁寧に雨粒を拭ってもらい、茶室へ通された
お菓子が出ても食べてはいけない茶会である
こころが落ち着かない茶会である
茶会のようで茶会ではない茶会である

手紙の書き手が誰だかさっぱりわからないまま方丈へ出ると
凄まじい土砂降りで雨の音以外何も聞こえなくなって
雨に溺れた

雨には睡眠薬が入っているからどんどん体が畳に吸い込まれてゆく
目の焦点が合わなくなり、思考が細断され始め、手足がもぎ取られ、
達磨にされてしまった

寺院には数えきれないほど部屋があるから
達磨を転がしておく場所に不足はない
転がされた部屋の天井には龍がいてわたしをじいっと見つめている
「終わらない雨があるって知ったはる?」と龍が喋った

「知らんがな、知りたくもないわ」とは言えない

わたしにできることは
黙って座っているか寝転がっていることだけ

雨の音と湿度、つめたさだけが現実である
建仁寺に降る雨は八百二十年ものの雨だ

わたしが拾った手紙は龍が書いたものなのだろうか
いいやそんな感じの手紙ではなかった
誰かのことを心配して思いやっている、そんな内容の手紙だった
優しさや思いやりは売り物になる
わたしはそういったものを売買して生活しているのだ

建仁寺に降る雨は八百二十年ものの雨だ
この雨も売り物になるだろうか
美しい庭、美しい建物、美しい雨、
そこに佇めば八百二十年前の雨の音が聞こえる
雨に囚われてわたしが消え失せる

目覚めるとそこは路地裏で
わたしは手紙になっていた

鳥

鳥が祖母をくわえて連れ去ってしまったので
それきり祖母に会うことができない

時々庭にやって来る鳥の脚をひっつかんでみると
するする鳥の体がほつれだし
どんどんほどけてゆく

鳥は

ただの
長い糸
その束の中に
祖母のかけらは
見つからなかった

古代と蜘蛛

一匹の蜘蛛と乗り合わせたのは
通勤時間が過ぎ、ほとんど乗客がいない特急列車の中
蜘蛛は静かで動きもデリケートだから
車窓のカーテンを引いてしばらく目を閉じた

下車した終点の駅にも人は少なく
餅菓子を買いたいけれど商店街はまだ薄暗い
エスプレッソで眠気を覚まそうと珈琲店へ入る

蜘蛛は静かについてきて古代の案内を申し出てくれた
「今の季節は鹿の毛がいちばん美しいんですよ」
毎年美しくなれる季節があるなんて知らなかった
私の毛が生え変わる季節はいつなのだろうか
三年前に生え変わったような気がするけれど
そろそろ古い毛がもわもわしてきているような

古代には二十年前にも来たことがある　もっと前にも何度も
久しぶりの古代はなんだかこざっぱりとしていて
すこし胸がちくりとする感じ　とはいえ
建ち並ぶ塀は相変わらず朽ちてしまいそうでいて朽ちず
瓦は壊れそうでいて壊れず　瓦の影はきれいに整列し続けている
「いつでもいつまでも夢を見続けているのですよ」

「皆殺しにされた日のことを残し続けているのですよ」
「剥ぎ取られ彩色された背中の皮を見せ続けているのですよ」

祈りは風鈴の音に似ていて　鐘の音は現実を引き戻す音
誰もいない真白な道を蜘蛛と黙って歩けば
両側の道では梅の実がぼろりぼろりと落ちてゆく

道の先には背の高い古代が立っていた
立ち続けている古代も蜘蛛も泣いたりしない

昼食に冷たいそうめんを注文する
風が抜けるとき古代はそこにいるけれど
にんげんには風を鳴らすことができない

実のところわたしたちには祈る資格すらないのかもしれず
それでも跪くための場所だけはいつまでも朽ちないままで
風鈴の音を待ち続けている

「なにしに来たの」と問われれば
「祈りにきたの」と答えるしかなくて
むかしたくさんのひとが殺された場所で
お菓子を食べてお茶を喫む
あちらこちらでお金を落として
頭を垂れて
風鈴の音を待つ

蜘蛛は途中で消えてしまった

祈りは風鈴の音に似ていて　鐘の音は現実を引き戻す音
日が暮れてしまう前に祈りの場所は速やかに門を閉ざす
闇は掛け値なしのほんものの闇だから
急いでにんげんだらけの電車に乗ろう

栗きんとん

仕事帰りに寄った和菓子屋さんで
栗きんとん、大福、抹茶ロシアケーキを買った
恋人と仲直りをしたくて
二人とも甘いものが大好きだから

朝からお金のことで喧嘩した
ささいなことじゃない
恋人は無職で

いつでも家にいる

お菓子買ってきたよ
声をかけて紙袋から商品を取り出すと
栗きんとんが入っていない
レシートには記載されているのに

喧嘩代を支払ったんだよ
と恋人は言った
意味わかんないな
困惑してぼんやりしていると
恋人はやおら私の肩をつかんで耳にかぶりついた

しばらくテーブルの下で気絶していたらしい

気がつくと右耳と右目が食べられていた
ふらふら立ち上がってみると
恋人は満足げに椅子で足を組んで
抹茶ロシアケーキを食べていた

耳が聴こえにくく目が見えにくく
右半身がじんじん痛い
いっぺんには食べ尽くさない
ということであるらしい

共食いという選択肢だってあるはずだけど

目の前でお茶を飲んでいる恋人はきっと不味いから
逃げた
逃げる直前におしりを半分食べられた

一年くらいで耳が生えてきて
おしりが垂れてきて目が復活したけれど
以前より性能が劣る
病院で注射を打ってもらったら更に不具合が増えて
食欲がなくなってしまった

元気になったら栗きんとんを買いに行こう
人生と仲直りしよう
次の恋人は美味しそうなひとにしよう

階段

私を待っていたのだ、おはぎは。
知ってたよ。だっておはぎは私の分身だもの。
手を突っ込んで、確かめる。餡にまみれて、確かめる。私の味を。
潰してみたり、叩いてみたり、
隣に置いてみたり、添い寝をしてみたり。
上等なお皿に盛って、もったいつけて、ゆっくり食べる。
千切って千切っておはぎが消える。
そうして私は半身を失い、ぐらぐらしながら通勤電車に乗り、歩き、パソコンに向かう。
半身だから、何をやってもうまくいかない。
何度も何度も作り出される半身、分身。

こころは二階にあって、そろそろ取りに行かねばならない。
だってこころが呼んでいる。
たまには私だって、こころに会いたいだとか思うわけで。

スカートが短すぎたり長すぎたりするの。書類の回収がうまくいかない。頭の柄が狂ってる。靴のかかとを踏まれてる。ストッキングが鬱陶しい。ちょうど具合のいいブラウスってないものかしら。
半身を失っているからさ。こころは二階に置いたままだからさ。

階段は、遠いのです。
階段は、長いのです。
階段は、ぎしぎしみしみし鳴るのです。
こころが呼んでいるのです。
おはぎを待っているのです。

シベリアがあるところ

近所のスーパーでシベリアを見かけたので買ってみる
初めて食べたシベリアは身ぶるいするくらい甘い

持ち歩くことができるシベリア
由来が不明なシベリア
愛・地球博覧会場のマンモスの欠片
あれもシベリア
毛の生えたシベリア

動く歩道から眺めるシベリア
石原吉郎は「シベリヤ」「ロシヤ」と書いている発音
わたしの「シベリア」「ロシア」とは違うものとしての発語
雪のなかで育まれる「ヤ」
大阪平野で育まれる「ア」
謎々にくるまれた「ヤ」
数学の難問のような「ヤ」

マンモスの地響きが結晶化して吹雪く
けれど永久凍土の崩壊は止められない
詩集の中のシベリアの変容もまた
アイスクリームが溶けるみたいに
トキオが東京から乖離するように

地面はばらばらになろうとしている

だからせめて
シベリアを食べる
虫歯を増やしながら
材料を疑いながら
白砂糖の中毒になりながら
甘さにがたがた震えながら

吹き飛ばされながら

こうふく

あかるい雪の日に「をゐめ」が届いた

数日前の送り主からの手紙には
住所を間違えて記入したこと
氏名の漢字も間違えて記入したこと
中味が「をゐめ」という果物であること
が書かれてあった

その手紙を読んで何とも言えない
やや不安に近い心持ちになった

長らく会っていないひとからの「をゐめ」なのだ
「をゐめ」が高価であることは知っている
「をゐめ」をいただくのだって初めてというわけではない
だいたい「をゐめ」なんて
こうふくなひとだけが誰かに贈るものだってことも

間違いだらけの送り状なのだから
届くのかそれとも届かないのかさっぱり予想もつかないので
いったん忘れることにした
そう思った次の日に

送り主からまた手紙が届いた

「をゐめ」らしく
《あなたとの思い出は最上のものです今でも》
などと書いてある
「をゐめ」はずいぶん深くて濃いものらしいことがうかがい知れて
心臓に悪い

返事を書こうか迷っているうちに荷物が届いた
住所も氏名も間違っているのに
配達員がほうぼう尋ね歩いて我が家に辿り着き
「をゐめ」は正しくやってきた
「をゐめ」には執念も含まれていたのだ

心臓に悪い

食べ頃の案内が同封されていてそれは三日後の日付け
いただく前に礼状をしたためた
《「をゐめ」は遠慮なく平らげておきますね。「をゐめ」上等。》
《なにも考えずお召し上がりください。そしてなにもかも忘れてください。》
という返事

隣の部屋で「をゐめ」の香りが深く濃く充満している
《あなたとの思い出は最上のものです今でも》
わたしの最上はどれだったろう

こうふくでしかたがなかったとき　スキップをしていた
夜の公園で　昼間の道の真ん中で
何度も　何度も

「をゐめ」をテラスで食べていると
天使が喇叭を吹きながらやって来て祝福を授けてくれる
その口元から涎が垂れたので
「をゐめ」の最後の一切れを
天使と分け合った

瀬戸内海

消える準備をしているだけの日常に詩は充満しているらしい
当たり前に消費し過ぎてしまったみたいで
もうお腹がいっぱい

詩の胞子をばらばら振り落としながらいくつもの橋を渡って
橋の袂から薄紫の水平線を眺める
体内を水平に保つのはとても難しいことで
いつも水平線を求めてかわいている

淡路島へ行こう
美味しい玉葱をたっぷり食べて血液をきれいにしたい

詩の胞子をぽつりぽつりと拾い集めながら
いくつもの橋を渡って家に帰る

次の家はどこにしようか
できるだけ水平を保てるところで暮らしたい
毎日がうすらぼんやりしたものであってほしくて
消える準備をしているだけの日常に
遠目に海が眺められる
ただそれだけの家を探そう

遠目に
薄目に
橋を渡って
むいてもむいても中心が現れない
玉葱を食べる

赤い絨毯

スープの上澄みと沈殿した層が逆転する夜明けに手塚治虫に会う

一緒に森へ出掛けて昆虫のことを教えてもらうから、もっと深く、
もっと奥地へ入っていこう。まだまだ知らない生きものがいるんだ
から。でもお喋り屋さんは要注意。ぺらぺら口外すれば、音をたて
ずに消されてしまうよ。防空壕の側面に、隠し扉があるんだよ。
今日見たものは、そこの戸棚へ隠してね。

平日の真昼間に淀川長治と心斎橋で待ち合わせ。学校をさぼってフランス映画を観るんだもん。私の制服は神戸のセーラー服だから、大阪の人たちにはどこの学校の生徒なのだかきっとわからないでしょう。おそろしく短い短編映画シリーズを十二本。フランス人はお喋りで、話の着地点がわからなくなる。でも恋をしているのだということだけはわかったわ。出演者総出で恋愛中。こんなことってあるのかな。あるんだろうね。スクリーンではなんでもありだから。スクリーンはぺらっぺら。ぺらぺらだから、いいんだよ

明日からは防護服着用の義務化が始まる
唇に触れるのは繊維とリップクリーム、水と食物、だけ
あなたに触れたのはもういつだったか思い出せない
ゴム手袋なしで触れ合ったのは何月何日何曜日何時何分何秒よ

風がどんどん強くなる。目に見えないものに全身を覆いつくされてドアまでたどり着くけれど、急いで目に見えないなにかをお湯で洗い流すけれど、目に見えないなにかに同化しつつあるけれど、体はこなごなごなになるけれど

宝塚大劇場のきらきらの粉をアトムと浴びる。ねえアトム、粉のせいでウランとロビタは錆びちゃったんじゃないの。アトムは答えない。エネルギー切れなのかな。アトムは動かない。壊れたのかな

ロビーの外ではサヨナラおじさんが手を振り続けているのが見える

サヨナラ、さよなら、左様なら

ロビーの外は張りぼての漆黒
あれがあたらしい森の入口
だよ。

プリンは置いといて

二〇二四年十一月二十一日　発行

著　者　竹井　紫乙

発行者　後藤　聖子
発行所　七　月　堂
〒一五四-〇〇二一　東京都世田谷区豪徳寺一-二-七
電話　〇三-六八〇四-四七八八
FAX　〇三-六八〇四-四七八七

印刷　タイヨー美術印刷
製本　あいずみ製本所

ISBN 978-4-87944-590-2 C0092